comeback after fate

Anji Seina

Aus dem Japanischen von Victoria Maria Zach

Inhalt

... aber du wirst dieses Geheimnis mit mir hüten müssen.

Die Glut in meinem Inneren war entfacht worden.

Wir haben es geschafft.

Von früh bis spät nur Proben.

So glücklich!

Ach, macht mich das glücklich!

Ich war so oft kurz davor, das Handtuch zu werfen.

Der Weg bis hierhin war die Hölle.

Eure Debütsingle ist in den Charts.

Sie trendet auf den Social-Media-Kanälen.

Man kann sich keinen besseren Start wünschen.

YAH!

Danke!

Dafür habt ihr euch das feinste Steak verdient!

WUHUU!

Heute wird gefeiert!

YAH!

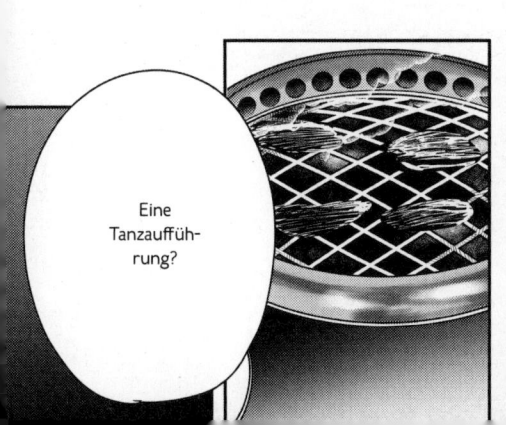

Eine Tanzaufführung?

Ja, sie haben dich angefragt.
Sagt dir der Produzent Park Ju-hoon was?
Der berühmte Typ von dieser TV-Musikshow, oder?
Genau. Er scheint großen Gefallen an dir gefunden zu haben.
Er will, dass du bei seiner nächsten Show auftrittst.
Ein berühmter Produzent hat an mir Interesse?
Ich nehme an, ich trete nicht allein auf?
Etwa mit einem anderen Idol?
Korrekt. Du wirst staunen.
Dein Partner wird Lee Soo-young von α-code sein.

Er ist ein Multitalent, das gut aussieht, eine kräftige Stimme hat und auch gut tanzen kann.

... die ein spezielles Konzept verfolgen.

Ein Top-Idol von einer der größten Agenturen...

Alle Mitglieder der Gruppe sind Elite-Alphas.

Ob Mann oder Frau, Beta oder Omega, alle sind total verrückt nach ihnen. Sie verkaufen sich wie verrückt.

Vor allem Lee Soo-youngs Tanzskills sind herausragend.

Er ist ein Vorbild für viele.

BADOM

BADOM

Ich soll mit ihm auf derselben Bühne stehen?!

... aber es ist auch eine Riesenchance.

Der Druck mag groß sein...

Damit wirst du auch unter den Fans von α-code berühmt.

Mit dieser Persönlichkeit?

GRÜBL

Ich mache es!

Ihr könnt auf mich zählen!

Wir unterstützen dich, wo wir können!

Leute, übertreibt's nicht!

So ein braver Junge!

Es ist wie mit dem Huhn und dem Ei.

In der Jugend...

Kinder kriegen können ausschließlich Omegas, unabhängig ob Mann oder Frau.

Früher litten sie an schlimmer Diskriminierung...

... doch dank der Entwicklung von Pheromon-Blockern können sie vermehrt aktiv an der Gesellschaft teilnehmen.

Die Realität bleibt jedoch, dass hauptsächlich Alphas die Entertainmentwelt bestimmen.

... kristallisiert sich das eigene Geschlecht heraus, und schon kommen Agenturen in die Schulen, um einen zu scouten.

Aber ob man es schafft, liegt an einem selbst.

Solche Dinge...

Ich wäre auch gern ein Alpha.

Denn die Entertainmentwelt ist kein Zuckerschlecken.

... muss man sich regelmäßig nachsagen lassen.

Erfolgreich, nur dank des richtigen Geschlechts.

Lee Soo-young.

Er ist der Sohn vom CEO der großen Agentur KD.

Er ist die reinste Verkörperung eines Alphas.

Er ist so talentiert, dass scherzhaft erzählt wird, dass er bereits im Bauch seiner Mutter getanzt haben soll.

Lee Soo-young bekommt wahrscheinlich nicht zu hören, dass er all das nur geschafft hat, weil er ein Alpha ist.

Ah!

Ich muss ihn begrüßen.

Freut mich, dich kennenzulernen.

Ich gehöre zu VINKS und heiße...

SSWT

Will er zusehen?

Was für eine Ausstrahlung.

??

Ist das nicht Rino?

Oder...

?

??

... will er mich einschüchtern?

Dabei siehst du gar nicht so jung aus.

Das kenn ich.

Ist bei mir auch so.

Ich bin trotzdem erst 19.

Ja, als bekäme man nichts selbst hin, oder?

Aber die anderen behandeln mich, als sei ich ein Kleinkind.

Rino...

... ist ein bisschen überfürsorglich.

Ich bin der Jüngste der Gruppe.

Dann bin ich also der Ältere von uns beiden.

Ich bin nämlich schon 20.

Na gut, dann wollen wir mal anfangen.

Ich hab mich bereits aufgewärmt.

Ich war überrascht.

Er war freundlicher, als erwartet.

Gut, dann starten wir gleich durch.

Für unsere Aufführung wurde ein alter Klassiker von einem Alpha-Omega-Duo ausgewählt...

»Im Schicksal entfacht«.

Auf der Bühne machte Soo-young auf mich immer einen sehr kontrollierten, ernsten Eindruck.

Der Text wurde mehrmals adaptiert und handelte von Sinnlichkeit und Leidenschaft...

... einer sich gegenseitig verschlingenden Liebe.

Das Duo löste einen noch nie dagewesenen Hype um schicksalhafte Bindungen aus.

Letztendlich trennten sich die beiden jedoch.

Der Alpha hatte eine erfolgreiche Solo-Karriere gestartet und der Omega zog sich aus der Entertainmentwelt zurück.

Behauptest du etwa, dass du ein Omega bist...

Genau.

... der sich nur als Alpha ausgibt...

Die anderen Mitglieder sind aber tatsächlich alle Alphas.

... oder was?

Wenn rauskommt, dass ich kein echter Alpha, sondern ein Omega bin...

Eigentlich unterdrücke ich meine Hitze mit illegalen Pheromon-Blockern.

... war's das für mich, meine Gruppe und meine Agentur.

Wieso also bin ich bei dir aufgeflogen?

Tut mir ja leid, aber du wirst dieses Geheimnis mit mir hüten müssen.

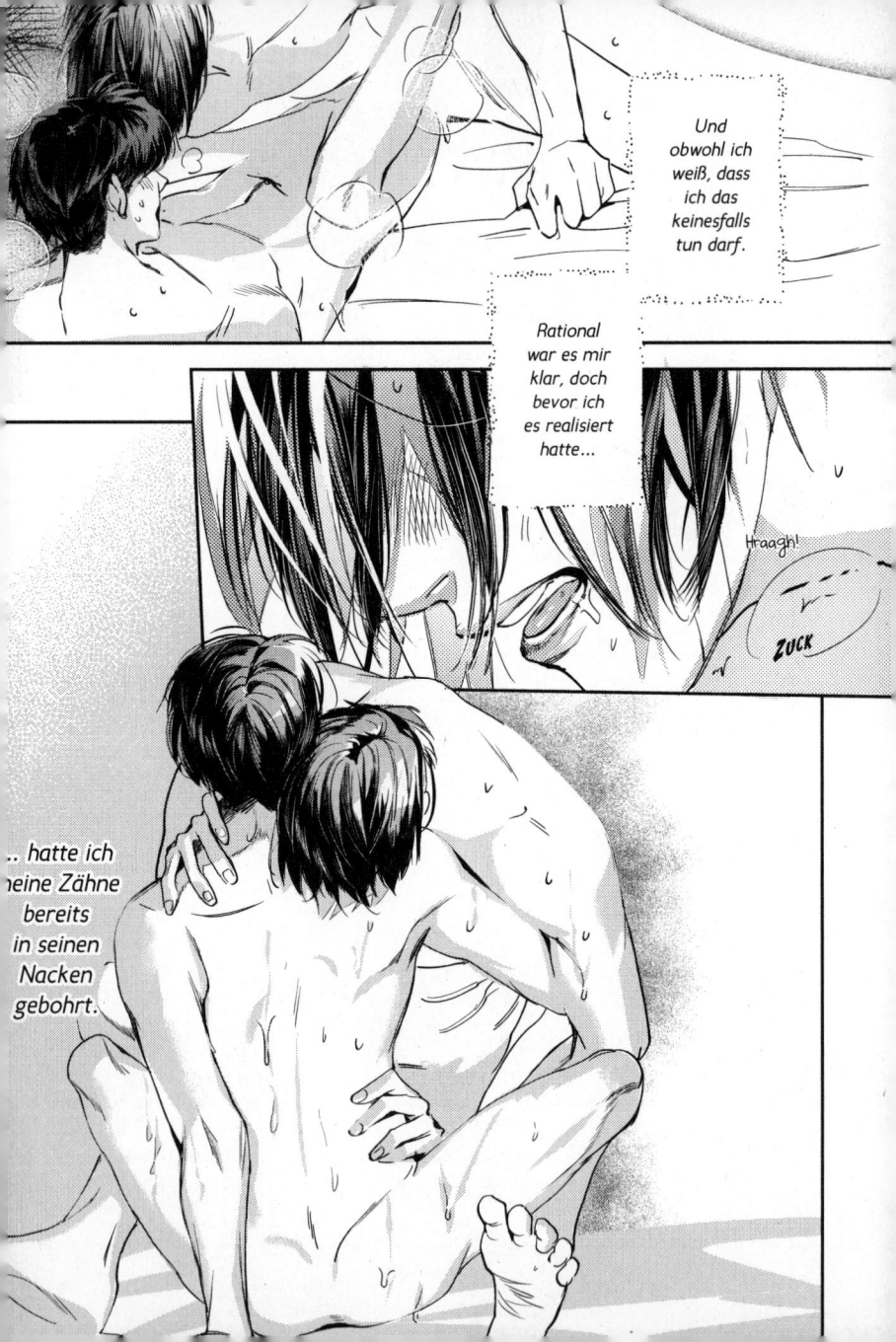

Und obwohl ich weiß, dass ich das keinesfalls tun darf.

Rational war es mir klar, doch bevor ich es realisiert hatte...

Hraagh!

ZUCK

.. hatte ich meine Zähne bereits in seinen Nacken gebohrt.

Kapitel 2

Alles, was war, ist vergessen...

Ja.

... ich brauche sonst nichts.

Will in dir vergehen, jetzt und sofort.

Genau.

Der Funke...

Sozialer Stand und Herkunft spielen keine Rolle.

Du bist alles...

... in meinem Herzen.

Ich dachte, er küsst ihn gleich.

Ich habe mich in euch geirrt.

In eurem Rhythmusgefühl, eurer Ausstrahlung.

Danke...

Das hatte ich auch vor.

Vor allem du hast äußerst authentisch gewirkt, Eri.

HASP

Gut, das war's!

Ist irgendetwas passiert?

I...Ich weiß nicht, wie ich gutmachen kann...

... dass ich dich gebissen habe.

Du wirst dieses Geheimnis mit mir hüten müssen.

... und ich hatte es herausgefunden.

Die legendäre Idol-Gruppe a-code, die nur aus Alphas besteht.

Aber Soo-young, der tatsächlich ein Omega ist...

Das Geburtsrecht sagt dir doch was, oder?

Das Eingehen einer Paarbindung ohne einvernehmliches Einverständnis ist gesetzeswidrig.

Eri...

Es ist illegal!

Ich bin auch nicht völlig unschuldig. Ich hätte mein Halsband tragen müssen.

Mir ist bewusst, dass das keine Entschuldigung ist...

Aber sag...

... aber ich war nicht bei Verstand.

... du hattest schon mal was mit einem Omega, oder?

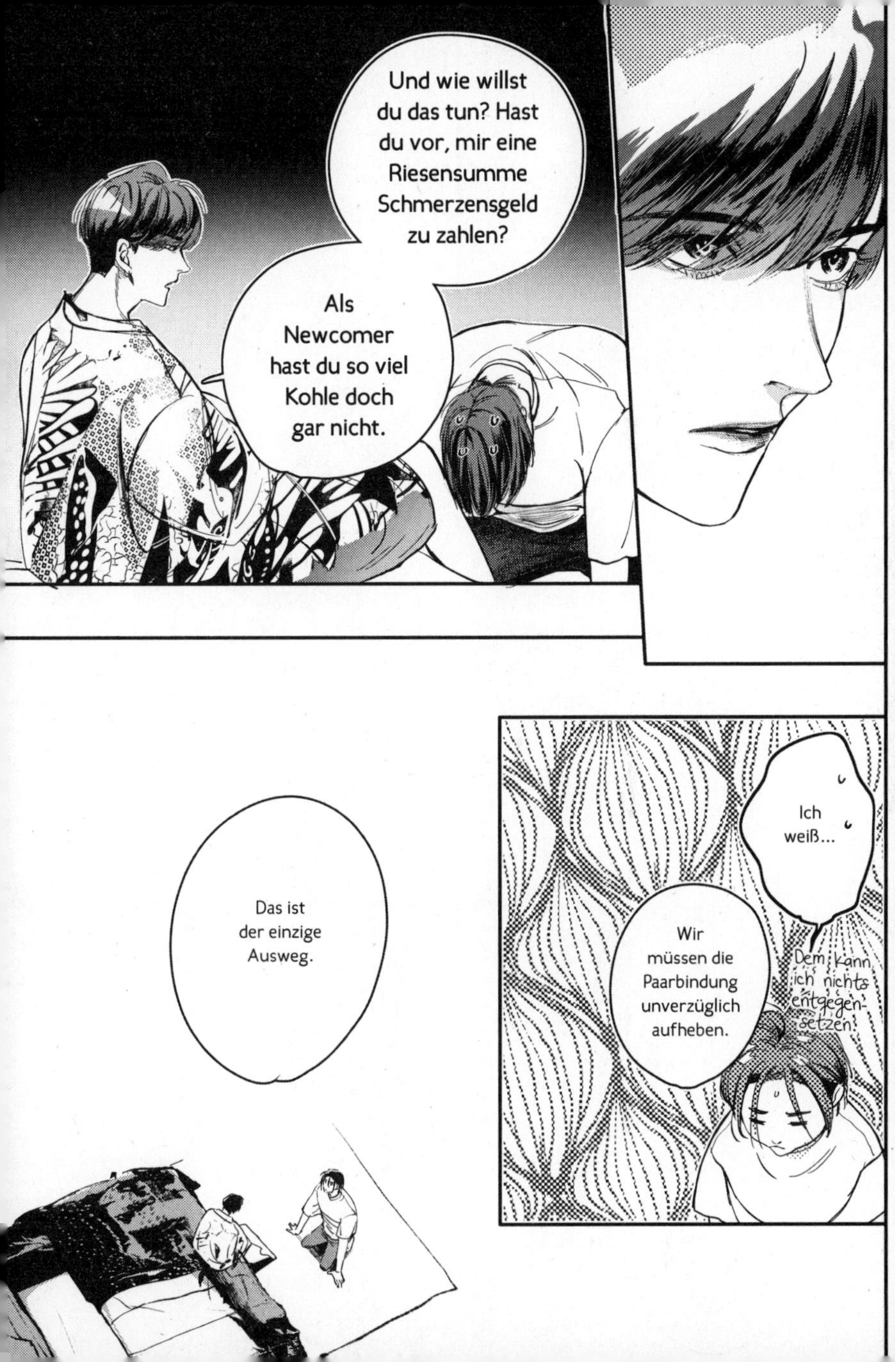

Und wie willst du das tun? Hast du vor, mir eine Riesensumme Schmerzensgeld zu zahlen?

Als Newcomer hast du so viel Kohle doch gar nicht.

Ich weiß...

Wir müssen die Paarbindung unverzüglich aufheben.

Dem kann ich nichts entgegensetzen.

Das ist der einzige Ausweg.

Alphas und Omegas sind nicht gleichbe-rechtigt.

Eine einmal eingegangene Paarbindung kann nur von einem Alpha aufgelöst werden.

Das zweite Ge-schlecht...

Wie bitte?

Aber dann...

Der Omega kann jedoch nie wieder eine neue Bindung mit jemandem eingehen.

Was?!

Das juckt mich nicht.

Heiraten und Kinder kriegen inte-ressiert mich ohnehin nicht.

Ich hab nicht vor, das Leben ei-nes Omegas zu führen.

Bitte überleg dir das noch mal!

...

Ich kann das...

... nicht tun.

Soo-young meinte, dass unsere Agenturen definitiv Wind davon bekommen würden...

STILLE

Eine Paarbindung? Was für ein Skandal.

Bringt man euch bei MHM gar nichts bei?

Mit einer Entschuldigung wirst du dein Vergehen an Soo-young nicht gutmachen können!

... aber einen kleinen Hoffnungsschimmer hatte ich trotzdem.

Sie wissen doch, was Omega-Pheromone bei einem Alpha bewirken können.

Mit Verlaub.

Eri wurde nicht über die Situation von Lee Soo-young informiert.

Das ist wohl ein schlechter Scherz!

Alle von KDE sind Alphas.

Ist Soo-young wirklich der einzige Omega?

Ich werde nicht still-schweigend zusehen, wie mein Werk in den Dreck ge-zogen wird.

Das Konzept von α-code lautet, dass alle Mit-glieder Alphas sind.

Nicht nur, dass der Wert der Gruppe sinken würde, wenn raus-kommt...

... dass einer ein Omega ist, aber wenn dieser dann noch in einer Paarbin-dung ist, steigt der Schaden ins Unermessliche.

Ich muss Ihnen wohl nicht erläu-tern, dass un-sere Agentur am längeren Hebel sitzt.

Wie er das sagt...

... könnte das gesundheitliche Folgen für mich haben.

Und so...

... kamen beide Agenturen zum Schluss, dass diese unliebsame Tatsache fürs erste geheimbleiben musste.

...

Beruhig dich!

Um Haaresbreite bin ich meinem Karriereende entgangen.

Er sieht so gut aus.

Ich kann's immer noch nicht fassen...

... dass der Lee Soo-young zu Hause auf mich wartet.

Mir wird übel von all den Lügen.

Was ist, können wir nicht ändern, aber mach's nicht noch schlimmer, verstanden?

Hah... Auch von der Agentur musste ich mir was anhören.

Du wirst mit Soo-young zusammenleben?!

Die anderen kennen die Wahrheit nicht.

Lass uns nicht allein.

Wieso?!

Chillt mal.

Ich kann nicht aufhören, daran zu denken, dass Soo-young im Zimmer nebenan schläft.

Ich krieg kein Auge zu!

FWOOAH

Aaagh! Reiß dich zusammen, Eri!

Wieso muss er sich überhaupt als Alpha ausgeben?

Wegen seines Vaters?

Meine Gedanken drehen sich nur um Soo-young.

Immerhin bin ich nur sein Partner auf Zeit.

Als Außenstehender verstehe ich vermutlich nicht ihre Umstände.

Es bringt nichts, sich darüber den Kopf zu zerbrechen.

FwMp

Dieser besitz-
ergreifende
und lustgelei-
tete Akt...

... für
mich
allein.

Hah!

Die gesamte
Welt soll wissen,
dass dich nie-
mand außer mir
haben darf.

Hah!

... übermannt
mich.

Eri!

Ah!

Eri...

Fühlt
es sich
gut
an?

Ja!

Das
auch?

Hat
das...

Doch. Ist ja auch ein starkes Medikament.

Doch nur so wird meine Hitze unterbunden.

Seine Wirkung ist bestätigt.

... keine Nebenwirkungen?

Aber deine Pheromone sollten doch nur mehr auf mich wirken.

Setz es doch ab.

Nur einen Monat...

Wie es sein soll.

Dann ist alles wieder beim Alten.

Ich bin wieder ein Alpha und Vorzeigeidol.

Hab ich recht?

Das hier läuft nur für einen Monat.

Ach, ähm...
Das...
... musst du dir eingebildet haben.
Es kam einfach aus dem Nichts...
Er ist halt impulsiv...
Und sagt einfach frei heraus, was er sich denkt.
QUIE

Oh, hallo!

Sooyoung.

Ab morgen haben wir das Auslandsshooting.

Um neun Uhr treffen wir uns für unser Reiseoutfit.

Ririririririno!!!

HMPF

Ich hab ihn seit seinem letzten Einschüchterungsversuch nicht mehr gesehen.

Dacht ich's mir.

Stimmt, fast vergessen.

Aber dafür hättest du doch nicht extra herkommen müssen.

Wir sehen uns eh im Studio.

Dort will ich auch hin!

Darum haben sie Werbeverträge mit großen Fashionbrands, deren Klamotten sie tragen.

Das heißt, selbst Reisen ist Arbeit.

Berühmte Idols müssen auch in ihrer Freizeit aufs Styling achten.

... aber wieso hat auch er einen?

Da fällt mir ein, es hat gar nicht geläutet.

Ich war eben besorgt um dich.

Sie sind doch Alpha und Omega.

Ich verstehe, dass die Mitarbeiter einen Schlüssel haben...

Das ist üblich so.

Eri...

Obwohl du ein Alpha bist, bist du bescheiden, engagiert und ehrlich.

Ich hab oft mit dir im Zweierteam trainiert.

Ich hab wie ein Verrückter trainiert, um mir nicht nachsagen lassen zu müssen, dass mein Erfolg nur auf mein zweites Geschlecht zurückzuführen ist.

Von Alphas wird ausgegangen, dass sie erfolgreiche Überwesen sind.

Ich bin gern dein Trainingstanzpartner!

Das Motto von uns VINKS ist doch...

... »Durchhalten und Wiederholen bis zum Umfallen«!

Ich weiß, was für ein guter Kerl du bist.

kotzt mich das an.

Soo-
young...

Von der Ferne betrachtet hielt ich ihn für einen fehlerfreien Menschen.

Einen perfekten Prinzen wie aus dem Bilderbuch.

Die Gleich-
berechtigung
zwischen Mann und
Frau sowie unter den
zweiten Geschlech-
tern nimmt zwar
zu...

... aber nichts
strahlt so wie
ein Alpha-
Idol.

Sie sind
wie ein un-
erreichbarer
Stern.

Das war eine
meisterhafte
Darbietung.

Natürlich. Welch Ehre, die Tochter des Chefs als Fan zu haben.

Haha!

Bitte bringen Sie sie doch zu unserem nächsten Konzert mit.

Ah, und noch etwas, Sooyoung.

Darf ich dich um ein Fotoautogramm bitten?

Meine Tochter ist ein großer Fan von dir.

Besitzt man Talent, weil man ein Alpha ist?

WROOM

Wird man als Alpha akzeptiert, weil man talentiert ist?

Ich hingegen bin ein Zirkonia.

Eri...

Mein Umfeld besteht nur aus strahlenden, diamantenähnlichen Alphas!

Wie erginge es mir dann als Omega?

»... ich bin kein schlechter Mensch.«

Ich habe noch nie so einen gutmütigen Alpha getroffen.

Alpha sollten prahlerisch sein.

Erst durch die Begegnung mit ihm...

... spüre ich erstmals Unzufriedenheit.

Und darum quälen mich Zweifel.

Soo-young.

Jedes Mal, wenn ich dich sehe, bist du schöner als beim Mal zuvor!

GWT

Ich verhalte mich wie ein verrückter Groupie.

SWIRL

SWIRL

Ich verfolg jede Live-Sendung, jede Fancam* und alle Social-Media-Kanäle.

Und natürlich auch alle ausländischen News.

Jin ist bereits nach Hause gegangen.

* Videos, bei dem die Kamera gezielt nur auf ein Mitglied einer Gruppe gerichtet ist

Zusammen mit α-code strahlt er noch viel mehr.

Ja.

Whoa!

Soo-young. Soo-young.

Eingehender Anruf

Soo-young

HMF

Ach ja...

Du trainierst echt jede freie Sekunde, was?

Nein, ich hab geprobt.

Hast du geschlafen, Eri?

Hallo.

Ich wollte mich entschuldigen.

Wofür?

Rino war bestimmt grob zu dir.

Weißt du, er hilft mir geheimzuhalten, dass ich ein Omega bin.

Das hat er immer schon getan.

Sind das meine echten Gefühle...

... oder ist das nur ein biologisches Verlangen?

... in ihn verlieben.

Denn wir führen nur eine Beziehung auf Zeit.

Diese Empfindung ist eine Täuschung...

... ich darf mich davon nicht verwirren lassen.

Es ist mir bewusst und dennoch...

Ich bin bereits auf dem Heimweg.

In etwa drei Stunden sollte ich da sein.

Oh.

Alles klar.

Also dann...

Warte, Soo-young!

Weißt du, manchmal ist mir alles zu viel.
Das hast du bemerkt?
Warum...
... sehne ich mich wohl in solchen Momenten nach deiner Stimme?
Ich kapier's nicht.
Die Phero-mone...
... können auf so eine Distanz doch gar nicht wirken.

atte
iefa
ate

Ins Kran-
kenhaus
oder...

... in die
Agentur,
Soo-
young?!

Er darf
so nicht
gesehen
werden!

Kapitel 4

...ri...

Was?

Bringt
mich zu
Eri.

Schnell.

Denn als Alpha steh ich über anderen und werde von allen respektiert.

Ich wollte ein Alpha bleiben.

Ein Idol...

Dafür nahm ich diese abscheulichen Pheromon-Blocker gerne in Kauf.

Dieses perfekte Leben wollte ich weiterleben. Ich wollte kein Beta sein, nein, ein Alpha.

Ein Star...

Ein ewiger Diamant, akzeptiert von der Welt.

Soo-young würde so etwas unter normalen Umständen nie von sich geben.

Die Lust hat ihn total übermannt.

Die Grenzen...!

Aber mir geht es...

... ähnlich.

... nichts anderes auf der Welt als uns beide.

Ein Omega zu sein...

Ich liebe dich.

Ich weiß, dass es nicht leicht sein wird...

... und es einige Hürden zu überwinden gilt...

... aber ich will die Paarbindung mit dir nicht beenden.

Wie wertvoll kann etwas schon sein, wenn man es so leicht wegschmeißt?

Nicht füreinander vorherbestimmt Was soll das heißen?

Und deshalb trennt man sich?

Ich bin ein perfektes Wesen, das ohne eine schicksalhafte Begegnung oder eine Paarbindung klarkommt.

Sooyoung?

Auch wenn...

WANK

Was hat er jetzt?

Schluss mit Grübeln.

Jetzt wird geprobt.

Er hat ja auch viel zu tun.

Er sieht mitgenommen aus.

Es ist nicht mehr lang.

Nach der Aufführung muss ich mich von Soo-young trennen.

Sorry für die Verspätung.

So lautet das Abkommen.

Du bist spät.
Der letzte Job dauerte länger.
Wir können sofort beginnen.
Soo-young!
Soo-young...
Gut. Dann wollen wir starten.
FWT

Ich muss zu meinem nächsten Job.

WHAPP

CELUNE

PARIS

...

Entschul-
digung.

Die Tanzauf-
führung wurde
gecancelt?

...

Was?

Nanu, Eri.

War nicht geplant, dass du länger bleibst?

Ziehst du etwa schon wieder bei uns ein?

Kapitel 5

Gab's irgendwelche Probleme?

Ehrlicher-weise...

... war das für uns auch ziemlich un-angenehm.

Huhu, Erde an Eri.

Er ist total weg-getreten.

Alphas sind mit Talenten gesegnete Stars.

Darum gibt sich Soo-young sein Leben lang als Alpha aus.

Als Omega hat man fast nur Nach-teile.

Man erwartet von ihnen, dass sie Idols werden.

Damit werden alle Anstrengun-gen kleinge-redet.

Sie sind nicht existent.

Denn alle sehen nur das zweite Geschlecht.

All die Mühen...

... und Quälereien.

Soo-young und der CEO, dass man die mal zusammensieht...

Die sind doch Vater und Sohn, oder?

Als einziger Sohn war klar, dass er zu einem Star werden würde. Darum wurde er bereits in jungen Jahren von seinem Vater auf eine Eliteschule geschickt.

Wow...

Sein Vater war es, der das legendäre Idol Soo-young kreiert hat.

Ja.

Aber es herrscht immer eine gewisse Distanz zwischen ihnen.

Es gibt nicht viele Alphas und noch wenigere erstklassige, reine Diamanten ohne Einschlüsse und Fehler.

Brillantes Aussehen, überragendes Talent, beachtliche Gesang- und Tanzskills. Ein leuchtend strahlender...

... perfekter, exquisiter Diamant.

Aus diesem Grund wird α-code so verehrt.

Ein Diamant ist bloß ein Material. Seinen Wert erhält er erst durch die Menschen.

Aha...

Das Umfeld bestimmt den Wert einer Sache.

Unter ihnen verbirgt sich aber ein Zirkonia.

Als Kind nahm mich die Scheidung meiner Eltern sehr mit.

Egal wie sehr ich mich auch anstrenge und wie viele Fertigkeiten ich mir aneigne...

... irgendwann läuft man als Omega gegen eine Wand.

Aber wenn ich eine perfekte Fassade bewahre, werden mich alle lieben.

Zu sehr habe ich diese elende Einstellung verinnerlicht.

Ich kann gar nicht mehr anders.

Bin ich k.o.

Ich...

... vermis-
se Eri.

Nur er
allein kennt
meine
Makel.

Er hat noch
so vieles mehr,
wovon ich
nur träumen
kann.

Obwohl er
ein Alpha
ist...

Wie diesen
angenehmen
Duft, der
mich stets
beruhigt.

... sondern an
seine beson-
dere Brillanz
zu glauben.

besitzt
er die Kraft
nicht an
Geschlecht
oder Rang
festzuhal-
ten...

ZIIRP

ZIIRP

Wann hat es ange- fangen?

An jenem regne- rischen Tag?

Oder in jener Nacht?

Nein, vermut- lich...

... bei unserem ersten Auf- einander- treffen.

Ich hätte gern meine Jugend mit dir verbracht.

Dann würde ich jetzt wohl...

... als Omega leben.

Soo-young begann mir, von sich zu erzählen.

Von der Scheidung seiner Eltern und wie sie seine Jugend prägte.

Das klang, als hätte er bloß seine Gedanken laut ausgesprochen.

Sowie von seinen Anstrengungen, die ein reiner Schutzmechanismus waren.

Ich kann leider nichts anderes außer dieser Arbeit.

Darum werde ich mich weiterhin als Alpha ausgeben.

Ich weiß, was das bedeutet.

Wie kann man nur so unvorsichtig sein, wenn schon so viel darüber gemunkelt wird?

Er trug denselben Hut wie Eri.

Sag, hast du Soo-youngs Account gesehen?

Sicher nur ein Zufall.

Vielleicht doch nur ein Promotrick?

Könnte es nicht Eris Hut sein?

Kapitel 6

Was in aller Welt...

... soll diese Scharade...

... Soo-young?!

Du musst dich einfach dumm stellen.

Das waren seine Worte...

HFF

BTAM

Das war nur Zufall.

Ähm...

Agentur-Chef!

Eri!

Mich plagt schon das schlechte Gewissen.

Jetzt sag uns endlich die Wahrheit!

Spuck's aus!

Dummstellen funktioniert nur bis zu einem gewissen Grad.

Tag und Nacht wurde ich in die Mangel genommen.

Ugh...

Manager

Soo-youngs Plan ist nicht frei von Risiko.

Wenn er fehlschlägt, ist unsere Idol-Karriere vorbei.

Aber wenn er glückt...

Eri!

Die Management-riege von KDE ist hier!

Ich bin auf alles gefasst!

Du musst auch kommen!

Die Tanzaufführung soll doch stattfinden?!

Das kann ich nicht mitansehen, Eri.

Mir krampft schon mein Herz zusammen.

Hach, ist ja gut! Bitte hör auf!

Ja...

Idols...

Dein Partner ist...

... Sooyoung, richtig?

Stimmt es, dass er ein Omega ist?

Und im Gegenzug geben wir ihnen alles.

... sind die Geliebten aller.

Das ist eine Art stilles Abkommen.

Die Fans wenden ihre Zeit und Energie auf, um uns zu unterstützen.

Durch mein Handeln...

Das wissen wir hier alle leider nur zu gut.

... enttäusche ich viele Menschen.

Aber ich...

Dieser verfluchte Soo-young.

Die Musik wird eingespielt!

Ein Skandal bringt durchaus Aufmerksamkeit.

Hmpf.

Fühlt sich ziemlich mies an, so ausgetrickst worden zu sein.

Ich fass es nicht.

Aber es gibt immer noch keine Pressekonferenz.

Ich suche jeden Tag im Netz nach Infos.

Sind Sie ein Paar? Ich muss es wissen!

Er weiß genau, wie dieses Spiel funktioniert...

Ich muss Dampf ablassen.

Er könnte es auch als Produzent schaffen.

... und manipuliert bewusst die Massen.

Wenn Pläne kollidiert sind, kam es auch mal vor, dass man allein geprobt hat.

War es schwierig, bei eurem Schedule Zeit zum Proben zu finden?

Ja, schon.

Ich hab von Anfang an erkannt, dass Eri ein begabter Tänzer ist.

Nur keine falsche Bescheidenheit.

Wie süß! ♡

Chill.

Haha!

Soo-young hat mir stets gute Anweisungen gegeben.

Das Mentor-Schüler-Duo ist zum Dahinschmelzen.

Soo-young

Eri

Was für ein ausdrucksstarkes Paar!

In letzter Zeit haben wir täglich geprobt.

Manchmal gingen wir danach aus.

Im Schatten
der roten Flamme
der Leidenschaft
lodert eine blaue
Flamme.

Sie ist nicht
leicht zu
erkennen.

Doch das
ist meine
Flamme.

Nur
weiter
so!

Das hast
du toll
gemacht!

Das war
großartig!

♪

Haha!

Die Promotion war auf ihre Weise erfolgreich.

Es hatte sogar positive Auswirkungen auf unsere Gruppe.

Das Comeback von α-code war ein Riesenerfolg und ich wurde vom Chef mit Lob überhäuft.

3. Platz in den weltweiten Charts.

Mein
Eri...

MURMEL

Werd mir
nicht noch
hübscher.

Sonst falle ich
nächstes Mal nach
einem längeren
Wiedersehen in
Ohnmacht.

Noch etwa zehn Jahre.

Kleine Produzentenarbeiten würden mich auch interessieren.

Willst in die Geschichtsbücher eingehen, was?

So lange möchte ich Karriere machen.

Ich werde ihnen zeigen, dass Omega es genauso draufhaben!

Ich will noch viel erleben.

Ich will Schauspielern probieren.

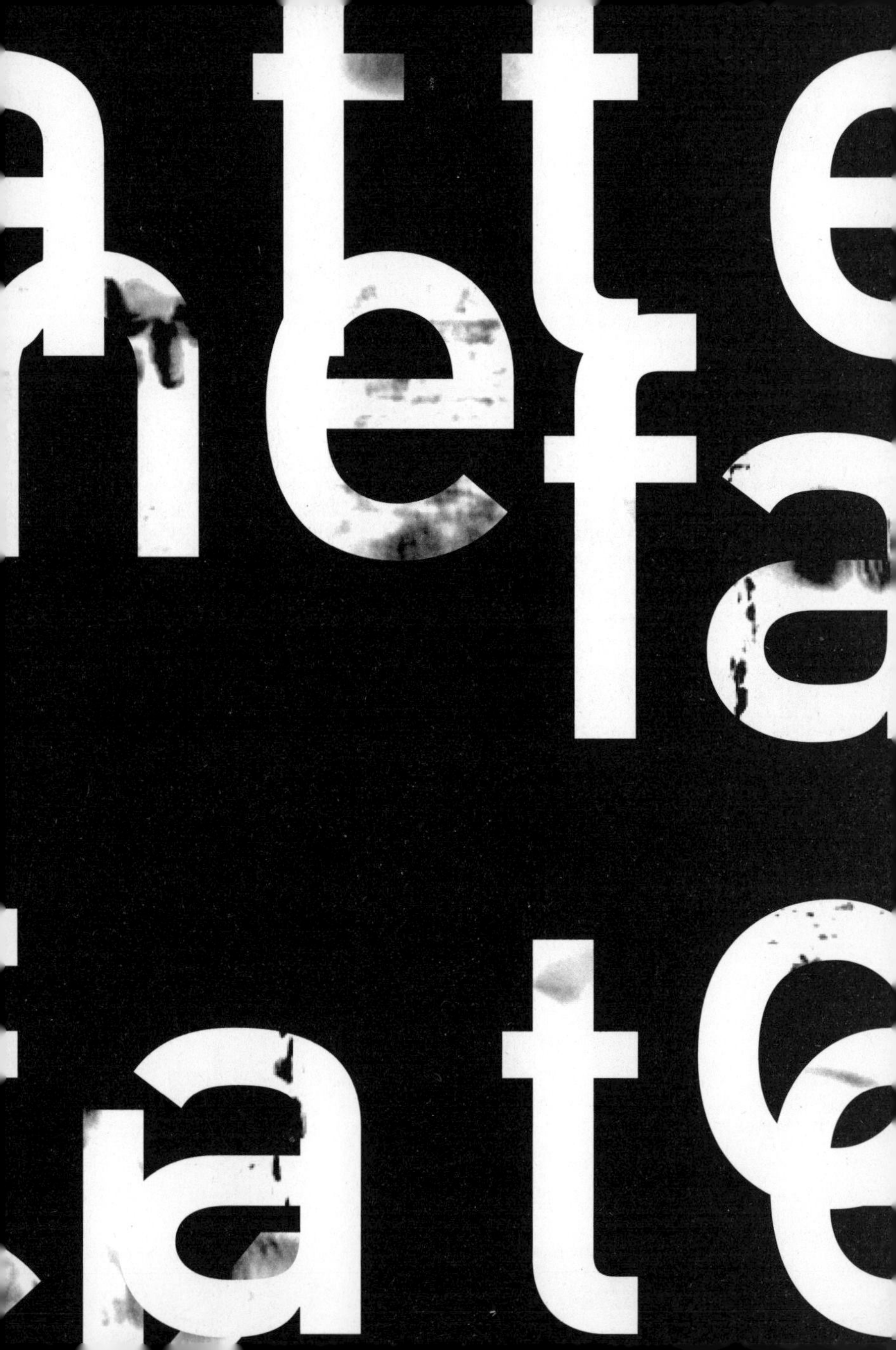

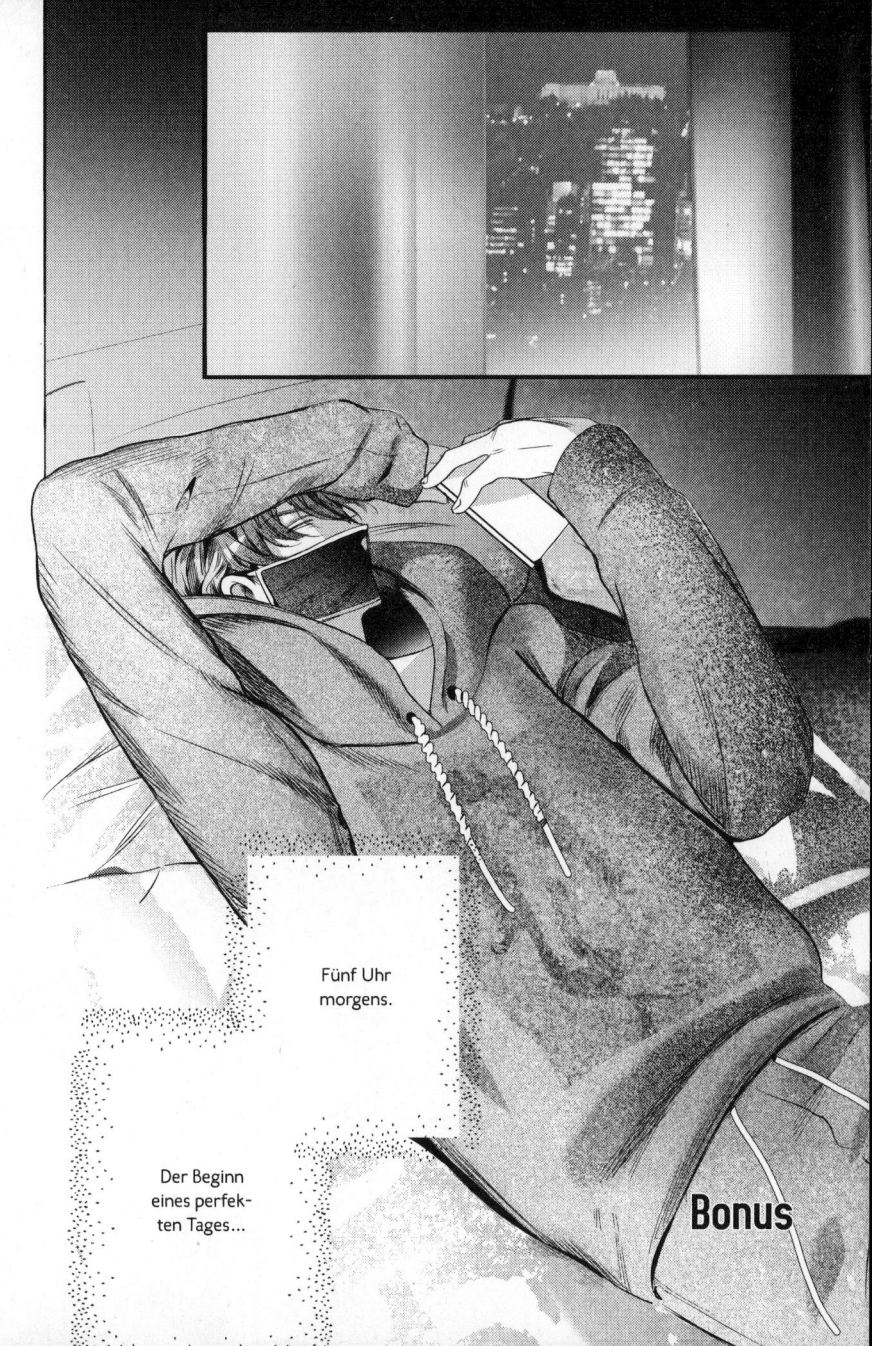

Fünf Uhr
morgens.

Der Beginn
eines perfek-
ten Tages...

Bonus

FWSSH

Meine Front-
haare werden
wöchentlich im
Salon geschnit-
ten...

... und alle
zwei Wochen
werden meine
Haare nachge-
färbt.

Die von
Werbepartnern
bereitgestellte
Kleidung wird mit
einem Stylisten
ausgewählt.

Ich trage nur
Klamotten,
die zu meiner
Person passen.

Von den
Accessoires
bis zu den
Schuhen...

... muss alles
sitzen, um das
makellose
Image von Rino
von α-code
aufrechtzuer-
halten.

comeback after fate

ist ein japanischer Manga, der originalgetreu von »hinten« nach »vorne« und von rechts nach links gelesen wird! Schlagt das Buch also »hinten« auf und blättert Seite für Seite nach »vorne« weiter! Auch die Bilder und Sprechblasen werden von rechts oben nach links unten gelesen, wie es in der Grafik gezeigt wird! HAYABUSA wünscht gute Unterhaltung!

HAYABUSA
2025 Carlsen Verlag GmbH · Völckersstraße 14-20 · 22765 Hamburg
Aus dem Japanischen von Victoria Maria Zach
COMEBACK AFTER FATE
© 2024 Anji Seina. All rights reserved.
First published in Japan in 2024 by Kodansha Ltd., Tokyo
Publication rights for this German edition arranged through Kodansha Ltd.
Covergestaltung: Peter Mrozek
Redaktion: Cordelia Suzuki
Herstellung: Maria Niemann
Alle deutschen Rechte vorbehalten
ISBN: 978-3-551-62532-8

FOLLOW THE FALCON
HAYABUSA-MANGA.DE
hayabusa_manga
carlsen_hotpot

MIX
Papier | Fördert gute Waldnutzung
FSC® C083411

Wir produzieren nachhaltig
- Klimaneutrales Produkt
- Papiere aus nachhaltigen und kontrollierten Quellen
- Hergestellt in Europa